THE VERY CRANKY BEAR

GIANT ACTIVITY PAD

Are you ready to adventure with Bear and his friends?
Complete the activities and colouring on each page to help Bear go from cranky, to happy!

E	R	N	E	E	F	L	D	K	H	I	Z	C	J	D	O	Z	S	A	D
B	K	G	T	L	X	R	O	N	F	L	F	F	Q	Q	I	P	W	D	I
L	I	I	S	S	U	X	I	U	T	R	C	O	W	H	Q	A	I	X	U
D	B	M	C	B	P	J	L	G	K	Z	I	N	B	T	U	H	M	Z	B
O	Z	X	H	Y	N	D	Z	S	H	J	M	E	R	S	O	P	M	F	V
A	I	T	C	H	H	B	V	W	G	T	X	Q	N	J	I	S	I	Q	E
V	H	C	N	Y	C	Y	A	L	O	N	E	T	H	D	U	N	N	W	S
T	E	C	D	V	K	K	S	L	C	Y	V	N	A	B	C	N	G	B	U
R	R	V	C	N	W	H	B	L	N	O	K	S	E	K	A	C	G	H	M
B	G	X	A	Y	A	H	U	J	F	B	L	I	E	D	L	L	S	L	T
H	U	R	Z	R	F	U	W	M	X	E	V	W	F	V	W	A	T	A	E
C	C	W	T	A	B	N	Y	U	E	F	H	B	P	O	L	E	R	Q	U
R	A	L	M	I	Q	G	P	P	K	E	Y	H	T	P	F	G	I	G	I
R	I	O	V	Q	E	R	Y	P	C	D	G	R	S	B	O	S	P	X	H
V	W	U	F	J	S	Y	E	P	U	K	T	Z	A	G	D	L	E	L	Q
P	Y	F	L	O	A	T	I	N	G	K	B	W	M	I	R	U	S	L	J
O	N	H	E	M	G	O	D	H	I	B	V	I	F	B	N	U	T	X	G
F	Y	L	A	R	D	E	V	E	R	Y	W	H	E	R	E	Y	Z	P	C
X	O	C	D	H	Y	C	F	U	R	R	Y	P	F	U	E	F	Z	L	M
E	A	U	R	Z	A	C	S	G	V	P	B	Z	S	W	K	P	P	U	N

Help Bear find these words in the grid.
They run up, down, across, diagonally,
both backwards and forwards.

ALONE
BRAVE
EVERYWHERE
FLOATING
FRIGHTENED
HUNGRY
JUNGLE
SLEEPY
STRIPES
BITE
CRANKY
FLEA
FRIEND
FURRY
ITCH
RAINY
SPLASH
SWIMMING

Answers on the last page.

WHOOOSH!

DIFFERENCE

There are six differences between
these two pictures.
Circle them on Picture B.

PICTURE A

PICTURE B

SNORE
SNORE
SNORE

Answers on the last page.

SPLASH!

Circle the two pictures of Bear that are exactly the same.

A

B

C

D

E

F

Answer: B and C are the same.

THE VERY BRAVE BEAR

Make your way through the maze to help Bear find his way to the jar of honey.

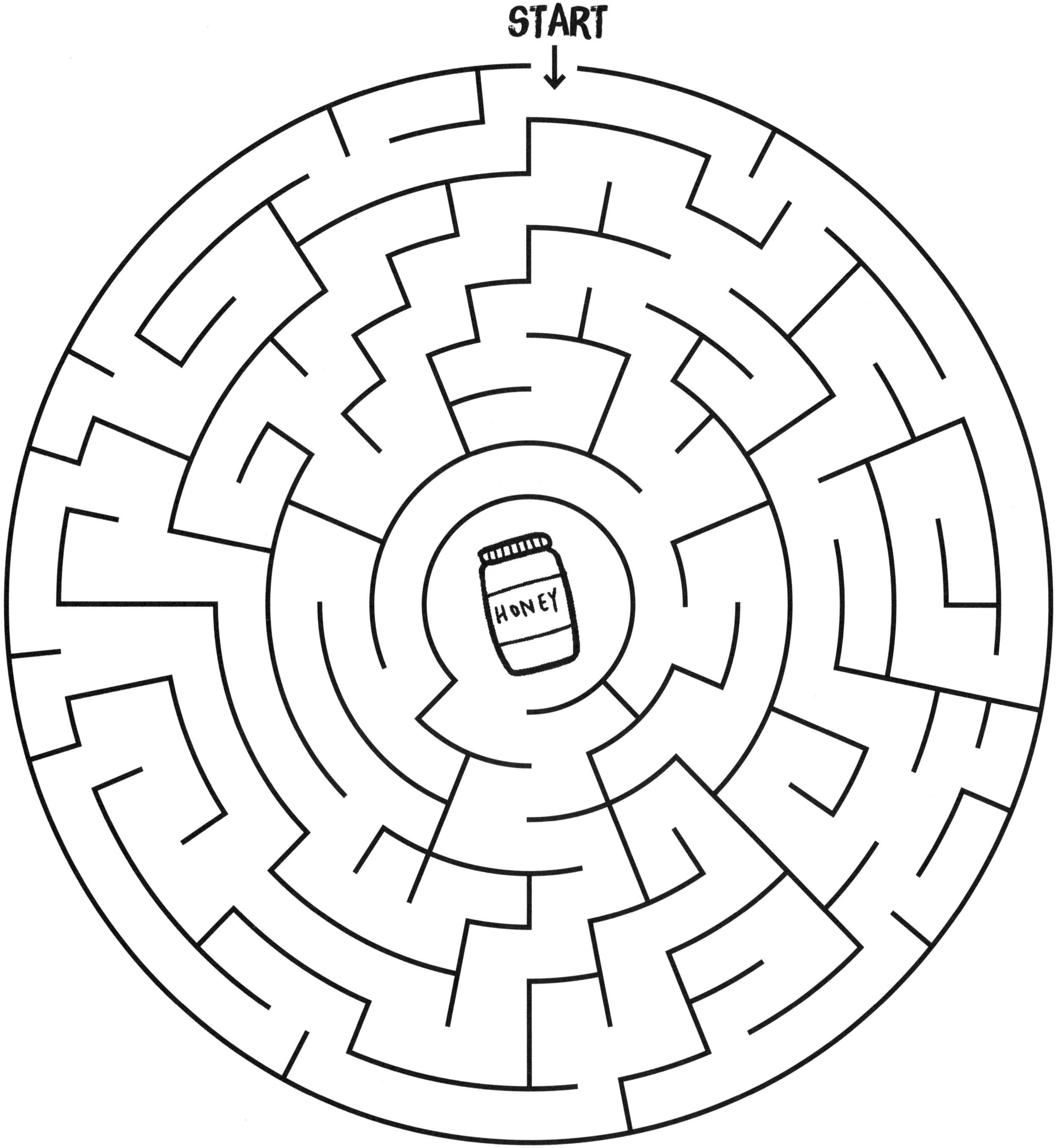

Answers on the last page.

Help Bear and Boris Buffalo find their way out of the woods to the frog. Circle the correct path that leads them there.

Answer: C is the correct path.

ROAR, ROAR, ROAR!

Circle the two pictures of Polar Bear that are exactly the same.

A

B

C

D

E

F

G

H

Answer: B and H are the same.

SCREECH

MATCH

One of these shadows matches this picture of Super Bear exactly. Circle the correct one.

Answer: Shadow B matches exactly.

Find the picture of Bear and Zebra that doesn't match the rest.

Answer: D is the odd one out.

THE VERY
SUPER
BEAR

Bear wants to take a nap! But to do that, he must find his pillow. Retrace his steps to find the pillow by figuring out which path has the most footprints.

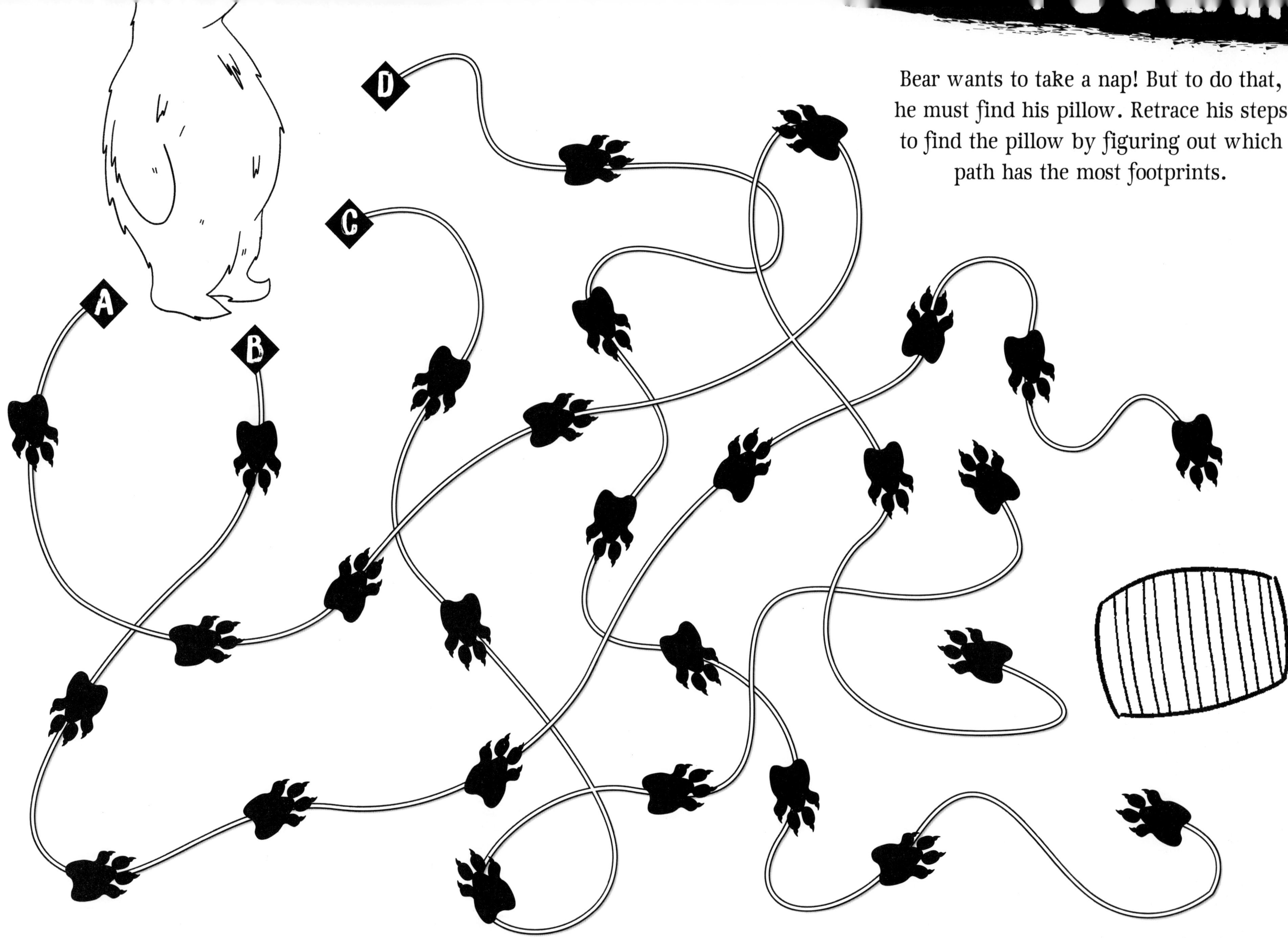

Answer: Path B has the most footprints.

BE IT!

When Bear is wearing his cape, he becomes Super Bear! Draw yourself in a costume or uniform in the frame, or draw up a totally new costume that you want to wear!

Starting at 1, connect the dots to finish this picture of Bear.

CROSSWORD

Can you help Bear find where the words from the wordbank belong in this crossword? Bear has already placed some letters—help him finish the puzzle!

BEAR
CRANKY
FLOWERS
FURRY
HUNGRY
JUNGLE
MUSIC
READING
SPLASH
SUPER

Answers on the last page.

PAGE 2

E	R	N	E	E	F	L	D	K	H	I	Z	C	J	D	O	Z	S	A	D
B	K	G	T	L	X	R	O	N	F	L	F	F	Q	Q	I	P	W	D	I
L	I	I	S	S	U	X	I	U	T	R	C	O	W	H	Q	A	I	X	U
D	B	M	C	B	P	J	L	G	K	Z	I	N	B	T	U	H	M	Z	B
O	Z	X	H	Y	N	D	Z	S	H	J	M	E	R	S	O	P	M	F	V
A	I	T	C	H	H	B	V	W	G	T	X	Q	N	J	I	S	I	Q	E
V	H	C	N	Y	C	Y	A	L	O	N	E	T	H	D	U	N	N	W	S
T	E	C	D	V	K	K	S	L	C	Y	V	N	A	B	C	N	G	B	U
R	R	V	C	N	W	H	B	L	N	O	K	S	E	K	A	C	G	H	M
B	G	X	A	Y	A	H	U	J	F	B	L	I	E	D	L	L	S	L	T
H	U	R	Z	R	F	U	W	M	X	E	V	W	F	V	W	A	T	A	E
C	C	W	T	A	B	N	Y	U	E	F	H	B	P	O	L	E	R	Q	U
R	A	L	M	I	Q	G	P	P	K	E	Y	H	T	P	F	G	I	G	I
R	I	O	V	Q	E	R	Y	P	C	D	G	R	S	B	O	S	P	X	H
V	W	U	F	J	S	Y	E	P	U	K	T	Z	A	G	D	L	E	L	Q
P	Y	F	L	O	A	T	I	N	G	K	B	W	M	I	R	U	S	L	J
O	N	H	E	M	G	O	D	H	I	B	V	I	F	B	N	U	T	X	G
F	Y	L	A	R	D	E	V	E	R	Y	W	H	E	R	E	Y	Z	P	C
X	O	C	D	H	Y	C	F	U	R	R	Y	P	F	U	E	F	Z	L	M
E	A	U	R	Z	A	C	S	G	V	P	B	Z	S	W	K	P	P	U	N

PAGE 4

PAGE 8

PAGE 23

				S		B		
				U		E		
			S	P	L	A	S	H
	J			E		R		
H	U	N	G	R	Y			
	N					M		
	G			R		U		
F	L	O	W	E	R	S		
	E			A		I		
		F		D		C		
		U		I				
	C	R	A	N	K	Y		
		R		G				
		Y